CAM
parle aux coccinelles

par
JACQUES DUQUENNOY

Pff...
Il fait tout gris,
aujourd'hui !

Oh, une petite coccinelle !

— Quel âge as-tu petite coccinelle ?

— J'ai 3 ans !

— Eh bien moi,
j'ai 4 ans !

– Et moi, j'ai 5 ans !
– Moi, 6 ans !
– Moi, 8 !
– Moi, 9 !

– Et toi, Camille, quel âge as-tu ?

— Euh ...
1, 2, 3 ...

4, 5, 6, 7, 8, 9, 10, 11 ...

— Attends, on va t'aider à compter : 12, 13, 14, 15...
— Hi hi, ça chatouille !
— 16, 17, 18, 19... et 20 : tu as 20 ans, Camille !

— Tu as le droit de faire un vœu !

— Euh… je voudrais qu'il fasse beau demain.

— Bon. Lève ton doigt
et attends :
si on s'envole,
c'est qu'il va
faire beau.

— Ça marche !